# 月光落在左手上。

余秀華・詩選

# 目錄

## 輯二

## 輯三

## 輯四

## 輯五

代序

# 自在者無敵：一種弱詩歌的強大

廖偉棠

余秀華是一個優秀的詩人，還是一個值得同情的民間詩歌愛好者？爭論這個問題，我覺得是對她那些獨立自由的詩篇的褻瀆，然而又不得不討論，因為這種理解差異，頗有詩外之義。

一次次的詩歌熱潮的發生消退，證明了詩歌的邊緣化在中國是一個矛盾的命題。在這樣一個渴求抒情與戲劇性的國度，民眾從未放棄對詩人的幻想，無論哪個時代，總有情感共生式的潮汐運動把一位詩人推向浪尖。從七〇年代「朦朧詩」的詩人崇拜、八〇年代的席慕容汪國真熱、九〇年代的海子熱，直到今天新媒體時代越來越迅速的詩歌傳播行為：如余秀華的詩一夜席卷華文網路，我們固然能看到延續性，但也應該看到差異。

只要我們客觀面對余秀華大量的詩歌文本，我們就會承認余秀華的魅力建基於其詩歌本身的感染力，而不是被非議她的人放大的：大眾的同情心上。大眾對現代詩的誤讀或錯愛，一度是現代藝術共有的哭笑不得的宿命，但在余秀華身上，我們看到更多的誤讀，來自某些「精英」而非大眾。大眾的誤讀充其量是把對余秀華的同情，滲透到對其性情熾烈的詩的理解中了；「精英」的誤讀卻進一步放大前者，認為余秀華詩歌的成功依仗於大眾的同情，甚至乎推論余秀華的詩是所謂的詩歌心靈雞湯，那麼只能說「精英」對新時代大眾的接受力和余秀華的創造力都低估了。

詩歌的審美活動本來就不是純粹如公式推算般的，後現代情景中的詩歌，其接受史必然混雜社會與個人的因素，而不是新批評派所幻想的那種去個人化的純文本。在藝術史上，不乏在生命的鋒刃上把自己的創作推向絕景的人，也不乏通過創作進行自我拯救的人，我們尊重前者的決絕，卻不能說後者就是雞湯。

我們所見的心靈雞湯，基本上都是處境優越的人寫給人生並不如意的人的安慰劑。而余秀華的大多數詩歌裡面並不存在這種廉價的安慰，而是對無論愛情還是物質生活都處於貧乏狀態的現實的直面與近乎殘酷的搏鬥，〈我養的狗，叫小巫〉是典型例子。在這直面與搏鬥之中，不時有明媚的陽光一閃而過，有生命力旺盛的野花瘋長，我們和詩人一起驚訝並讚歎，不代表我們就自欺地否認苦難的存在。

余秀華的詩，即使是最率性也最流行的那首〈穿過大半個中國去睡你〉，也存在著「不被關心的政治犯和流民／一路在槍口的麋鹿和丹頂鶴」這樣的不和諧音，這和她毫不掩飾的情欲訴說構成其詩歌的張力、魅力。更何況在此之上，還有她對自身命運的開放領悟：從她一次次與她的困境的交涉斟酌中、拉扯糾纏中，她漸漸找到了一個自在的位置去嘗試理解命運。在她的敞開中，我們能窺見在相對極端狀態下，命運所流露的兩極：肉體的束縛與精神的放浪。

殘疾帶給她的不應該是同情的加分，而是作為一個詩人對存在更深刻的體驗，這轉化成了她天賦的一部分。所謂「天以百凶成就一詩人」，這句話起碼對余秀華這類逆流掙扎而出的詩人有意義。詩人本身就是渴求更多生命體驗的人，「其心苦、其詞迫」（借汪辟疆形容林旭語），這造就了前半部分的余秀華，而後半部分的余秀華，則是與這苦和迫相周旋尋找平衡，從平衡中製造出積極的美感，這就是現在余秀華可以做、正在做的實驗，也是她作為一個成熟的詩人的自覺性的呈現。在近日余秀華的訪談與其新作可以見得，她有足以勝任我這種期許的清醒。

余秀華的詩裡充滿斬釘截鐵的判斷式抒情，這點與海子、與早期的翟永明相似，看得出其反抗的迫切性、證明自己的迫切性，有時不惜犧牲語言的繁復多姿，卻獲得直爽淋漓的魅力。而那些銳利又矛盾的抒情加速度，又讓人想起鄭單衣與俞心焦詩歌裡那種由自戀帶來的非理性之美。而她迥異於那些男性詩人或所謂強勢詩人的，是她對弱的敏感，就像她最新的詩〈風吹〉裡面，在把平凡的喇叭花隱喻為星空之後，不忘寫到「它舉著慢慢爬上來的蝸牛／給它清晰的路徑」；在〈雪下到黃昏，就停了〉兩次寫到深淵之後，她寫「後來，她看見了許多細小的腳印／首先是貓的，慢於雪。然後是黃鼠狼的／哦，還有麻雀兒的，它們的腳印／需要仔細辨認：這些小到剛剛心碎的羞澀」。

對於關於余秀華詩歌好壞的兩個極端的判斷，我善意地理解為這是一種詩歌觀念的誤會：閱讀落差的產生，很大程度基於雄性詩人（不一定是男的）與雌性詩人（不一定是女的）的落差，進而是強詩歌美學與弱詩歌美學的落差。在中國不少雄性思維的詩人的閱讀期待中，余秀華在其詩歌中的詩人形象是他們難以理喻的，一個農村的、身體殘疾的不年輕的女性，怎麼可能擁有如此強烈的女性意識、情欲自主意識？因此有人認為這是一種不好的自我放大，但只要有中國農村田野調查經驗的人就會知道，農村女性的獨立抗爭（常常被抹黑為「瘋女」和「潑婦」）絲毫不弱，更何況余秀華早已經是一位自覺的書寫者——精神冒險者。

而在詩歌中，余秀華籍以完成自己的強的，恰恰是美學上的弱。對弱的事物持久深入的關注，小狗小兔、花草白雲都是她關注的對象，她說她「愛雨水之前，大地細小的裂縫／也愛母親晚年掉下的第一顆牙齒／我沒有告訴過你這些。這麼遼闊的季節／我認同你渺小的背影／以及他曾經和將要擔當的成分」（〈愛〉）。但她絕非小情小調地風花雪月一番的詩人，而是賦予這些事物她自己發現的世界觀，讓萬物與她一起自足於、並承擔這個並不完美的世界。我們可以看到，白、白色意象頻繁出現在她的詩中，白是脆弱的、無辜的、甚至是貧瘠，卻又是寬容的、接納其他一切微弱或醜陋事物的，這似乎解釋了她的詩為什麼給予「大眾」安慰，弱之力如水隨勢賦形，我們在余秀華詩中感到的那種「靈動」、「即興」也如此。

她的詩歌也並不雄辯，毋寧說那是一種「雌辯」，訴諸的是詩本身神秘非理性的邏輯，自有其妙。雄辯的詩歌向來為中國當代詩推崇，而余秀華的詩放棄辯論，放棄自圓其說，甚至放棄結論，因此與讀者並不構成一種咄咄逼人的關係，反而聯合讀者一起面對世界之種種不如意，一起去對許多強悍的事物咄咄還擊——即便為雄性思維的人所不喜。

余秀華與中國許多雄性詩人的不同，還集中體現在對情欲的書寫中。在性書寫中，女性詩歌能抵達的高度如果超越男性，可能也是因為她放棄了進攻與索求。在余秀華這裡這點更為顯著，她的情欲渴求明顯是虛構的、無望的，但正因為如此她得以不像大多數男詩人那樣囚於自身欲望、被荷爾蒙驅動著瘋狂，而是基於無望、無所求而得自由，這也是余秀華的愛情詩在二〇一四年後半年的飛躍，你能感受她的輕鬆。

最後要提到的另一個落差，來自對生活與詩的關係的態度。我們的「專業詩人」常常忘記了，生活是可以比詩歌更重要的，至少同樣重要——對於余秀華就是如此。她曾寫道：「沒有詩歌，我們怎麼辦？但是我們不會拿詩歌說事。如同不會拿自己漏雨的房子，無碑的墳墓說事。」詩歌給予余秀華的幫助，不只是形而上的慰安，也不只是實現心靈的自由，它還真成了改變命運的魔杖。

「它舉著慢慢爬上來的蝸牛／給它清晰的路徑」——余秀華與她的詩，理應成為這樣托舉自身和其他弱者的喇叭花，成為記載那些本來被遺忘的腳印的雪。

# 輯　一

# 穿過大半個中國去睡你

其實，睡你和被你睡是差不多的，無非是
兩具肉體碰撞的力，無非是這力催開的花朵
無非是這花朵虛擬出的春天讓我們誤以為生命被重新打開

大半個中國，什麼都在發生：火山在噴，河流在枯
一些不被關心的政治犯和流民
一路在槍口的麋鹿和丹頂鶴

我是穿過槍林彈雨去睡你
我是把無數的黑夜摁進一個黎明去睡你

我是無數個我奔跑成一個我去睡你

當然我也會被一些蝴蝶帶入歧途

把一些讚美當成春天

把一個和橫店類似的村莊當成故鄉

而它們

都是我去睡你必不可少的理由

# 我養的狗，叫小巫

我跛出院子的時候，它跟著
我們走過菜園，走過田埂，向北，去外婆家

我跌倒在田溝裡，它搖著尾巴
我伸手過去，它把我手上的血舔乾淨

他喝醉了酒，他說在北京有一個女人
比我好看。沒有活路的時候，他們就去跳舞
他喜歡跳舞的女人
喜歡看她們的屁股搖來搖去

他說，她們會叫床，聲音好聽。不像我一聲不吭
還總是蒙著臉

我一聲不吭地吃飯
喊「小巫，小巫」把一些肉塊丟給它
它搖著尾巴，快樂地叫著

他揪著我的頭髮，把我往牆上磕的時候
小巫不停地搖著尾巴
對於一個不怕疼的人，他無能為力

我們走到了外婆屋後
才想起，她已經死去多年

二〇一四．一．二十三

# 與一面鏡子遇見了

我的身體傾斜，如瘸了一只胎的汽車
所以它隨時會製造一場交通事故，為此得準備大篇的
說辭，證詞。以及證供下來後的水和營養
——這樣的事情總是搞得我虛脫。虛脫讓人產生遺忘
所以，另一場車禍不遠了

我的嘴也傾斜，這總是讓人不快
說話和接吻都不能讓它端正一些。有人說接吻的地方不對
它喜歡那些發光的額頭
那些高地容易產生並儲存雷電

不定什麼時候給你一下子

沒有這面鏡子，世界該是公允的了
就是說，沒有那個人，世界就是公允的
遇見他，我就喜歡在這鏡子前徘徊，如一個傻子，一個犯病者
結果我不停地撞上去
知道自己是死在哪裡，卻不肯寫一個
驗屍報告

# 蠕動

早飯以後，我總是走到村裡去
再走回來

有時候停留一會兒，有時候不停留
有時候我希望遇見我暗戀的一個人，有時候希望
不遇見

放慢腳步。就會拉長這一段路途
我看見路邊的一棵蘆葦，向南，第二根，第三根……
平原這個時候很深

比如今天，回來的時候風突然大了
魚池的水拍打堤岸，弄出一個個白花花的小浪花

我是那麼接近冬天
像一場小雪蠕動

# 給油菜地灌水

後來，他們爭吵起來，她埋怨他不肯出力
他說她只會嘮叨
中午，陽光辣著背了。拴在水管上的兩頂草帽小得燙人
六十年的光陰沒有讓他們膨脹
一隻麻雀飛過，影子覆蓋了一個帽頂，又覆蓋了一個帽頂
沒有時間留意

「你這樣不能把日子的雪撣掉」
而形式是必需的，緊緊裹住了一顆皺巴巴的核
且不說經得起推敲的過程，盲目和寬容

白楊樹多餘的一枝伸了過來，他知道砍掉
是最好的修飾
你小心不要把鐮刀又砍出一個豁
——她還是囉唆了一句

# 關係

你一定說是水，我在魚和水草間為難
雨季過後，長久乾涸
在灰土裡唱歌的人，裙角無風
你左耳失聰後
我輕易就能進入每一種植物，包括草藥
作為藥引和藥渣，苦味都不夠
而作為一顆糖，甜又不夠
早晨的時候，我們同時出門
天氣變化了幾個省份，我不相信你
走失的信息

但是風一定會吹過黃昏
我們同葬於泥土，距離恆定

# 子夜的村莊

此刻，一定有一盞燈火照著你的想像
一定有一個失意的女人在一張信紙上躊躇
那個村莊多麼不容易被你想起
且在這風雨綿綿的夜裡

女人顯然不會回你的信了
對於男人的質問她也無法啟齒
——他們的孩子在水池裡，屍體打撈起來了
女人心意已決，但是無法開口

男人在北京。十年了，男人不知道
女人的乳房有了腫塊
男人總是說：你是我的
男人在洗腳城打電話的時候這樣說了

女人在孩子的墳墓前沉默，整夜流不出一滴淚
村莊荒蕪了多少地，男人不知道
女人的心怎麼涼的
男人更不知道

# 不要讚美我

不要讚美我，在春天，在我少年和年富力強的時候
縱使美不能誘惑我，還是希望你放在心底

如果愛，就看著我，一刻不停地看著我
我首先袒露了眼角的皺紋

當然還有一塊核桃般的心
在春天過後的一棵樹上，你多跳幾次就搆著了

其實我想說的是，黃昏裡，我們一起去微風裡的田野

看蒲公英才黃起來的樣子
和那些草，用雲朵搽過身體的樣子

那時候，我不用回頭，總相信
你一直在我身後
我需要你以這樣的姿勢歌頌和我在一起的日子
不說我聰明，多情或者善良
偶爾說一句：你這個傻女人啊

二〇一四・三・十四

# 打開

油菜花開了？
是的，大片大片地開了，不遺餘力地開了
可是我的腰還是疼，她說。

哦，我小小的女人，撥亮燈盞在木門前徘徊
而我從來不懷疑，那些疼一定預先光顧了我的院子
我只是不動聲色，像一個縱火犯腳底留著火星子等待結局

親愛的，我們身體裡的地圖有沒有人知道
巴圖的墳墓都會打開

## 37．打開

那個年輕的法老經不起這香味的蠱惑

哦，我小小的女人，在這亙古的時間裡
我只拿一朵花請求打開你，打開一條幽謐的河流
看你倒映著的容顏，天啊，這是一個以謎底為謎面的謎語

你就為我，為我留在今天
我信任的，再不會流逝的今天

二〇一四・三・十五

# 荒漠

我習慣了原諒自己的荒謬，而不知道把它們
推給了誰
一個能夠升起月亮的身體，必然馱住了無數次日落
而今我年事已高，動一動就喘
在這個又小又哀傷的村莊裡，沒有廟宇的村莊

只是信仰能夠把我帶去哪裡
在一個濕潤的春天裡原諒迷路的盜竊犯
我用詩歌呼喚母親，姐姐，我的愛人
他們在河對面

我不想投機取巧地生活，寫詩
它們踩在我身上，總是讓我疼，氣喘吁吁
當然死亡也是一件投機取巧的事情
月亮升起來的時候
它又一次動了凡心

二〇一四・三・二十二

# 一隻烏鴉正從身體裡飛出

如同悖論，它往黃昏裡飛，在越來越弱的光線裡打轉
那些山脊又一次面臨時間埋沒的假象
或者也可以這樣：山脊是埋沒時間的假象
那麼，被一隻烏鴉居住過的身體是不是一隻烏鴉的假象？

所有的懷疑，不能阻擋身體裡一隻飛出的烏鴉
它知道怎麼飛，如同知道來龍去脈
它要飛得更美，讓人在無可挑剔裡恐懼
一隻烏鴉首先屬於天空，其次屬於田野
然後是看著它飛過的一個人

問題是一隻烏鴉飛出後，身體去了哪裡
問題是原地等待是不是一種主動的趨近
問題說一隻烏鴉飛出以後，再無法認領它的黑
——不相信夜的人有犯罪的前科
最後的問題是一副身體不知道烏鴉
飛回來的時刻

二〇一四・四・二十一

# 橫店村的下午

恰巧陽光正好，照到坡上的屋脊，照到一排白楊
照到一方方小水塘，照到水塘邊的水草
照到匍匐的蕨類植物。照到油菜，小麥

光陰不夠平整，被那麼多的植物分取
被一頭牛分取，被水中央的鴨子分取
被一個個手勢分取
同時，也被我分取

我用分取的光陰湊足了半輩子

母親用這些零碎湊足了一頭白髮
只有萬物歡騰
——它們又湊足了一個春天
我們在這樣的春天裡
不過是把橫店村重新搗熱一遍

二〇一四・四・二十八

# 燭光

## 一

你一定給了我黃昏，更深的夜晚
夜色裡你是行動敏捷的人
沒有你不熟悉的村莊，沒有你不熟悉的墳墓
包括一隻田鼠的路線
那時候我一定慌里慌張
點不燃火，打不上來水
清楚地看到你手裡的得數，卻還是錯位了
小數點

## 二

我承認我有蓄意私放你的嫌疑
多年來，你改名換姓，用著不義之財
我需要你忘記懺悔地活著
打麻將，泡姑娘，橋頭春色不減
人間多美好。
但是你沒有盜走的半截蠟燭
我總是在白天點燃
怎麼也燃不完

## 三

久別無悲傷。其實一說到悲傷

滿山都綠
我是一個沒有來處水袖長飄的女人
老是老了
只有眼睛能窩住一湖水
我不停地跳，桃花不停地落，雪花不停地飄
結局處，我一定伏在地上
風浮動長髮

## 四

人世間畢竟有和你相像之人
我也有跟蹤他的權利。如同暮色淹沒我的權利
曾經在你身上找到的家
我取一盞燈
他不會回頭了，不會如同你曾經相問：

小姐，四月可遠否？

**五**

真的
我已經忘記了人生的搖曳之態

二〇一三・十二・八

# 二〇一四

風從南來。這裡的小平原，即將升騰的熱空氣
忍冬花將再一次落上小小的灰麻雀
信件在路上，馬在河邊啃草
——我信任的。
也包括這中年的好時光，端一杯花茶去一棵樹下
迷戀這煙草年華
然後就是小小的悲憫，不輕不重的
我承認這不停的輪迴裡也有清澈的沉澱
我無所期待，無所怠慢
如果十月安慰我，就允許五月燙傷我

時光落在村莊裡，我不過是義無反顧地捧著
如捧一塊玉
身邊響起的都是瓦碎之音

# 漏底之船

歷史無法追溯的秘密或根源
以一場大雪省略了謊言的麻煩

四十年，它一次次被大一點的浪趕回淺水區
與魚蝦為戲

它也擅長捕捉風，風中之言，杯中之蛇

它不過是承受了兩種虛無
一種是從它身體漏到湖裡的星空
一種是從它的身體外漏到身體內的魚兒

51．漏底之船

星空還是星空，魚兒不知去向
魚兒也不知道他曾經來過
在一條船裡留下痕跡

只有它自己承認它還是一條船
在荒蕪的岸
有著前世的木性，今生的水性

二〇一三・十二・二十三

# 站在屋頂上的女人

這是下午，一群水鳥白在微風裡的下午
一水蘆葦提心弔膽在飄零前的下午
一隻喜鵲站在白楊樹上的下午
一個橘子遺忘在枝頭的下午
這是一個女人的下午，站在屋頂上
看微光浮動的下午

她看見大路上的人來來往往
沒有人看見她
她聽見他們大聲地或小聲交談

沒有人知道她聽見
她計算著一個人從人群裡走出來對她揮手
沒有人知道她在計算

在她生活了一輩子的村莊裡
她又一次覺得
與天空這麼近

二〇一三・十二・二十九

# 月色裡的花椒樹

一

月光流到哪裡是哪裡，包括它的幾個暗疤
月光流不流動都一樣，堵不住風的蟲孔，觸角不長的流言
月光裡有雪的消息，它淡淡的
雪是年歲裡的謊言，埋不住它
而月光越來越白，像要說話。聽不聽
全憑一種心情

二

要說人間煙火，就是沒有掉落的一串花椒
細小的子彈，不容易上進槍膛
這尖銳的鄙夷：被用慣了的酸甜苦辣
要說人間之外，也是沒有掉落的一串花椒
被放逐的修行
和一棵樹保持一生的默契

三

荒蕪的山坡，混跡於各種樹，各種方言
它的芬芳要求領悟，要求你在稠密的利刺間
找到發光的箴言
它就是一棵花椒樹，夜色寬廣
它的香飄出去，就回不來

二〇一四・一・三

# 輯　二

# 一潭水

這是我喜歡的時刻：黃昏深了一些，夜色尚淺
我的靈魂如此清澈，在樹葉上滾動
一燈一影，我如此赤裸裸地活著，影子可以更長些
留一部分供養陰影
的確有水從四面八方湧來，向四面八方散去
我在水裡小幅度地搖擺
把一些詞語光亮的部分挑在草尖上
我喜歡被詩句圍困，再嘔心瀝血找一條出路
我被什麼疼愛著，不棄不離
然而它不會流動

不會在一首歌裡找到一座山的峰
我們的羊群還小，叫聲柔嫩。我們離夏天的果實
還有百步之遙
我們活著，總會有許多這樣的時刻
看到自己一直忽略的部分

二〇一四・二・一

# 晚安，横店

快四十年了，我沒有離開過橫店
橫店尾部很輕的方言，如風線下沉
一個人就是一個下沉的過程，包括莊稼，野草，兔子
和經過村莊的雲

沉到地上，滲進泥土，悄無聲息的
我不能說愛這寂靜，和低於一棵狗尾巴草的宿命

一棵桃樹開花，凋零，結果
一片莊稼生長，開花，結果，收割

這些一年年輪迴，讓我有說不出的疼痛
越來越沉的哀傷

在這無法成眠的夜晚，風在屋簷盤旋
而我落在這裡，如一盞燈關閉的瞬間
我口齒不清地對窗外的田野說一句：
晚安

二〇一四・三・六

# 蛤蟆

你被「人間」騙了，你被「氣急敗壞」騙了
神安排了一場雨，從空氣稀薄的高原
到萬物枯萎的江南
一個人，他是故意不修鬍子的
他的情人在繡花閣的二樓
五官玲瓏，骨骼又小又脆
許多年，他在她門口徘徊，握著被塞到手裡的
廣告紙
他的身後是另一個女人
胸口的菜色浮上來又被摁下去

要許多年跟蹤一個人是不容易的
體內的毒隨時爆發
她已經厭倦以外貌取悅他
也厭倦了沉默，表達，看見他衰老的過程
只是她穿過燈火輝煌的街道
身體裡的涼彷彿
恰到好處

二〇一四・一・二十七

# 源

我愛上這塵世紛紛擾擾的相遇
愛上不停重複俗氣又沉重的春天
愛上這承受一切，又粉碎的決心

沒有一條河流能夠被完全遮蔽
那些深諳水性的人兒，是與一條河的全部
簽訂了協議

——你，註定會遇見我，會著迷於岸邊的火
會騰出一個手掌

把還有火星的灰燼接住

而我，也必淪陷為千萬人為你歌頌的
其中一個
把本就不多的歸屬感拋出去

一條河和大地一樣遼闊
我不停戰慄
生怕辜負這來之不易又微不足道的情誼

哦，我是說我的哀愁，絕望，甚至撕心裂肺
因為寬容了一條河
竟有了金黃的反光

二〇一四・十二・四

# 聽一首情歌

我總是想起那些葉子，想起它們落下的過程
然後它們就沉寂了，巨大的沉寂之聲
讓一個村莊再不敢說話

我想起穿過樹葉的更為沉寂的夕陽
那些金黃色的哭泣
只為一種更為絢麗的金黃

我也想起雨，總會讓時辰更為明亮
就那樣下著

把悲傷撕碎了，落在葉子的正面
也有落在反面的
你會想到一個人。一個人的前胸
後背

那都是過去的事了。這拖拖拉拉的年歲
彷彿一直在那裡
也似乎從來不在

假如我死了，一首歌還在迴旋
假如我還能聽見

二〇一四・十一・十八

# 風吹虛村

不用唏噓，花還在開。黃鸝還在枝頭
春節時候三哥回來，問何時楊樹萌芽
一歲一枯榮，不用急

羊群經過早晨，灰塵落在中午。一顆心沒有脫離身體
必有大福
看不見風的時候，風還在吹，一刻不停

土來自何方，桑樹來自何方
爸爸你揭開屋簷一塊瓦，兒女蹦出來

嚇唬你

一個人身綁石頭，才能沉進土裡
但是土，還是在風裡
我們去荊門城吧，那裡人多，風的漏洞也多
我心湧悲傷的時候，大口吃飯
這種炫耀，唯有風知道

二〇一四・三・三

# 唯獨我，不是

唯有這一種渺小能把我摧毀，唯有這樣的疼
不能叫喊

抱膝於午夜，聽窗外的凋零之聲：不僅僅是薔薇的
還有夜的本身，還有整個銀河系
一個宇宙

——我不知道向誰呼救
生命的豁口：很久不至的潮汐一落千丈

許多夜晚，我是這樣過來的：把花朵撕碎
——我懷疑我的愛，每一次都讓人粉身碎骨
我懷疑我先天的缺陷：這摧毀的本性

無論如何，我依舊無法和他對稱
我相信他和別人的都是愛情
唯獨我，不是

二〇一五・一・三

# 在田野上打柴火

後來，竟然哼起了歌，下午的陽光剛好打在喉嚨上
「要好好地生活，一個人就夠了。」我脫下鞋子磕土
突然愛上了自己小小的腳丫
它們在人世已經走過萬里路啦，還是一副小模樣
它包庇了一個個壞天氣

我早該有一顆隱士心了
人間情事一丟，就有了清澈的骨骼
是否有一顆高貴的靈魂不是我在意的
田間小麥長勢良好

喜鵲一會兒落在樹上，一會兒落在地上

二〇一四・一・二十二

# 日記：我僅僅存在於此

蛙鳴漫上來，我的鞋底還有沒有磕出的幸福
這幸福是一個俗氣的農婦懷抱的新麥的味道，忍冬花的味道
和睡衣上殘留的陽光的味道

很久沒有人來叩我的門啦，小徑殘紅堆積
我悄無聲息地落在世界上，也將悄無聲息地
隱匿於萬物間

但悲傷總是如此可貴：你確定我的存在
才肯給予慈悲，同情，愛恨和離別

而此刻，夜來香的味道穿過窗櫺
門口的蟲鳴高高低低。我曾經與多少人遇見過
在沒有伴侶的人世裡

我是如此豐盈，比一片麥子沉重
但是我只是低著頭
接受月光的照耀

二〇一四・五・十八

# 苟活

每天下午去割草，小巫跟著去，再跟著回來
有時候是我跟著它
它的尾巴搖來搖去

這幾天都會看見對面的那個男人割麥子
見著我一臉諂笑地喊秀華姑娘
我就加快割草的速度
好幾次割破了手指

這個上門女婿，妻子瘋了二十年了

兒子有自閉症
他的腰上總是背著個錄音機
聲音大得整個沖子都聽得見

我的一隻兔子跑到了他田裡，小巫去追
但是他的鐮刀比狗更快
他把兔子提回去以後
小巫還在那裡找了半天

二〇一四．五．二十二

# 五月之末

它的灰燼還是萬物蔥蘢，它的劫難依舊
休想結束！

一朵花開夠了就凋謝，但是我不能
——衰老是多麼殘酷的一件事情，我竟如重刑犯
保持緘默

蛙聲蟲鳴浩蕩，這樣的夜晚我不看天空
也不看月亮（它是一觸即破的虛影）
一聲汽笛必然會響起

很多人舉起手臂，無人可送
只有江水浩蕩，不知時日
一個浪推動一個浪，如同一個岸
埋沒一個岸

二〇一四・五・二十七

# 浮塵

真的，它靠不住，在風裡不停西傾
而水面的倒影疊加在一起，你怎麼能信任一個
溺水的人
一次次，她試圖從身體裡掏出光亮
掏出蜜
溺水之人身負重石。她不停地吹起氣泡
讓光在裡面彎曲，再破碎，消逝
——這從來不被修改的過程
她只有不停地吹，掏心掏肺地吹
把命運透支了吹

——這也是一個無法修改的過程
可是，原諒她吧
她把遠方拉進身體，依然有無法穿過的恐懼

二〇一四・六・五

# 夜晚

蛙鳴。蟲吟。泥土呼吸。一個手電筒的光由遠及近
一個人在夜裡走動，偶爾遇見另外一個
不打招呼，各自走遠

一些光是被關起來的。她試了幾次
沒有把它們放出去
一些光永遠隱匿，在原野上保持站立

花草樹木各自生長。各自潛伏，突襲
一座城市的通訊密碼被修改

沒有人發現

二〇一四・四・二十七

# 月光

月光在這深冬，一樣白著
她在院子裡，她想被這樣的月光照著
靠在柿子樹上的人，如釘在十字架上
有多少受難日，她抱著這棵柿子樹，等候審判
等候又一次被發配命運邊疆
月光把一切白的事物都照黑了：白的霜，白的時辰
白的骨頭
它們都黑了
如一副棺材橫在她的身體裡

二〇一四．十二．七

# 渴望一場大雪

渴望一場沒有預謀，比死亡更厚的大雪
它要突如其來，要如傾如注，把所有的仇恨都往下砸

我需要它如此用力。我的渺小不是一場雪
漫不經心的理由

我要這被我厭惡的白堆在我身上！在這無垠的荒原裡
我要它為我豎起不朽的墓碑

因為我依然是污濁的：這吐出的咒語

這流出的血。這不顧羞恥的愛情，這不計後果的叩問

哦，雪，這預言家，這偽君子，這助紂為虐的叛徒

我要它為我堆出無法長出野草的墳

我只看中了它唯一的好處：

我對任何人沒有說出的話都能夠在雪底下傳出

二〇一四．十二．二十九

# 每個春天，我都會唱歌

每個春天我都會唱歌，看雲朵從南來
風再輕一點，就是真正的春天了

一個人在田埂上，蒲公英懷抱著小小的火焰
在春天裡奔跑，一直跑到村外
而我的歌聲他是聽不到的

我總想給他打電話，我有許多話沒說
一朵花開的時間太短，一個春天駐足的日子太少
他喊：我聽不清楚，聽不清楚

他聽不清楚一個腦癱人口齒不清的表白
那麼多人經過春天，那麼多花在打開
他猜不出我在說什麼

但是，每個春天我都會唱歌
歌聲在風裡搖曳的樣子，憂傷又甜蜜

二〇一四・三・七

# 人到中年

清明到來，我就三十八歲了，日暮鄉關之感如針錐心
薄霧從村頭飄來，坐在橘園裡，一些病果尚在枝頭
蒲公英又一次開出黃色的花，如一年一發的寂寞

能夠思念的人越來越少。我漸漸原諒了人世的涼薄
如果回到過去，我確定會把愛過的人再愛一遍
把疼痛過的再疼一遍

但是我多麼希望沒有病痛的日子，一年或者一星期
在春天的風裡跳舞，踮起腳旋轉

他能看見也好，不能看見也罷

我只有一個願望：生命靜好，餘生平安
在春天的列車上有人為我讓座
不是因為我搖晃的身體

二〇一四・三・十六

# 在黃昏

我看見每一個我在晚風裡搖曳
此刻，我的飄逸之態是一種形式主義的對抗
我追趕不上我的心了，它極盡漂泊的溫暖和嚴寒
最終被一具小小的軀體降服。漏風的軀體
也漏雨

我看見每一個我在晚風裡搖晃
在遙遠的村莊裡沉默地抒情，沒有人知道我
沒有人知道我腹腔的花朵，鳥鳴，一條蛇皮
沒有人知道我體貼每一棵草

也沒有人知道我的寶藏

每一個我在晚風裡走動
從橫店村的北頭走到南頭
她們和每一片樹葉，每一棵小麥，每一條狗
每一個活著和死去的
打招呼

二〇一四・五・七

# 經過墓園

如同星子在黃昏，一閃。在墓園裡走動，被點燃的我
秘密在身體裡不斷擴大，抓不住的火
風，曳曳而來，輕一點捧住火，重一點就熄滅我

他們與我隔土相望。站在時間前列的人
先替我沉眠，替我把半截人世含進土裡
所以我磕磕絆絆，在這座墓園外剔去肉，流去血

然而每一次，我都會被擊中
想在不停的耳語裡找到尖利的責備

只有風，在空了的酒瓶口呼嘯似的呼嘯
直到夜色來臨，最近的墓碑也被掩埋
我突然空空蕩蕩的身體
彷彿不能被萬有引力吸住

二〇一四・二・二十八

# 五月・小麥

它們對我形成包圍之勢，白天舉起火，夜晚淌成水
它們眷戀的也為我眷戀：田鼠，蟋蟀，麻雀
穿著爺爺衣服的稻草人

我在麥田中間，誠懇，坦率。負擔愛的到來和離開
也負擔親人的到來，離開
低矮的屋簷，預備好了為途中的麥子遮雨

那些離開即為到來，我在河邊清洗身體
她結實，飽滿，蓄積了月光

## 一一掏出

作為一個農人，我羞於用筆墨說出對一顆麥子的情懷
我只能把它放在嘴裡
咀嚼從秋到夏的過程
慢慢嚥下去，填滿我在塵世的憂戚
以此心安理得地構建對一顆麥子的
反包圍

二〇一四・五・四

# 我想要的愛情

在五月之末，萬物蔥蘢也不能覆蓋
山水退讓，而你若來，依舊被一個幻景溺滅

但是無法阻擋它被月光狠狠地照耀，越照越白
你看，我不打算以容貌取悅你了
也沒有需要被你憐憫的部分：我愛我身體裡塊塊鏽斑
勝過愛你

許多時候，我背對著你，看布穀鳥低懸
天空把所有鳥的叫聲都當成了禮物

才驚心動魄地藍
我被天空裹住，越來越緊
而我依舊騰出心靠左邊的位置愛你
真是一件不可思議的事情

二〇一四・五・二十七

# 夜色落下八秒鐘

憂傷未褪盡，甜蜜沒有全部打開
或者反過來。

夜行都面臨前途未卜，她對此充滿信任
沉痾被推，那些不要命的標題
埋真相，更埋假象

唉，如此起伏著：允許一列火車開過來
卻掏出更稠的黑
一個女人的愛情沒有那麼容易測量

夜色落下八秒鐘，這是廢話裡關鍵的一句
什麼都沒有準備呢，一說到準備
她就臉紅
我們這些暴徒，已經把八秒鐘以後的夜晚
弄得如蹩腳的
陷阱

二〇一四・五・二十八

# 引誘

他脫下春天，清晨。關閉花朵，甚至光亮
向秋天深處行走

落葉打在肩上，戰慄是一種引誘
他的沉默也是
夕陽穿過腳踝，曲折著的光芒是引誘
他的微笑也是

甚至黃昏裡，他去河裡清洗身體
皮膚上的色斑也是

當他打開一個木匣子，紛紛撲向他的蝴蝶
蜜蜂，和已經築好的蜂巢
他的不動聲色
也是

二〇一四・六・十七

# 五月

萬物蓬勃。
牧羊人打開山谷，同時打開一群羊，一隻老虎，一種對峙
——大地寬廣到讓人憂傷啊
我是能夠在天空倒立行走的，但是我不
如何把身體裡的閃電抽出，讓黑夜落進來
讓所有的來路擁抱歸途，被月光狠狠地照耀
我必然有一種喧譁面對你

而用同等的沉默面對我自己
如果被一顆麥子連夜追回
這必定是幸福到恥辱的認定

二〇一四・五・二十四

# 出口

鍾情於夜色，直到多年後被掏空，星空依舊低懸
但是她不會再從胸膛裡掏出星星，掏出深淵
生活一再粗糙，瓷碗在櫃子裡不再獨自發出響聲

不再有那麼多憂愁，這虛幻的美。她停下的地方
有坍塌的煤礦，被遺棄的女人。而星光那麼美
給這些一個溫柔的否定

巨大的漩渦裡，她照例選擇對峙。一切修改
都是虛榮。正是因為浩渺，這虛榮本身就是

自己的否定
但是她纖細的身體隨時抽出，在這樣的夜晚
萬物後退，給她留出一個寬闊的出口

二〇一四・六・七

# 夢見雪

夢見八千里雪。從我的省到你的省，從我的繡布
到你客居的小旅館
這虛張聲勢的白。

一個廢棄的礦場掩埋得更深，深入遺忘的暗河
一具荒草間的馬骨被揚起
天空是深不見底的窟窿

你三碗烈酒，把肉身裡的白壓住
厭倦這人生紛揚的事態，你一筆插進陳年恩仇

徒步向南

此刻我有多個分身，一個在夢裡看你飄動
一個在夢裡的夢裡隨你飄動
還有一個，耐心地把這飄動按住

二〇一三・十二・十二

# 下午

陽光褪去，天色轉陰。倦意從屋頂鋪下來
我被堆埋得越來越深
如一座礦場回到地深處，金黃的憂傷斂起光芒
時光的旋轉中，搗緊內心的火焰

麻雀站在平庸的詞上，鳴叫。閃爍小舌頭
沒有被巨大的寂靜撲滅
我在這人間底部，著紅裝，彷彿被遺落的
一顆朱砂

這悲憫來自於哪裡，必將回到那裡
父親在屋外劈柴。他始終沒有堵住那個漏斗
而晃動成我在人間的
一個倒影

誰都知道流水在天空流動，翻捲無聲
我那些散落在地裡的蒼耳
把一身的刺
都倒回自己的血肉

二〇一三．十二．十三

# 輯　三

# 我以疼痛取悅這個人世

當我注意到我身體的時候，它已經老了，無力回天了
許多部位交換著疼：胃，胳膊，腿，手指

我懷疑我在這個世界作惡多端
對開過的花朵惡語相向。我懷疑我鍾情於黑夜
輕視了清晨

還好，一些疼痛是可以省略的：被遺棄，被孤獨
被長久的荒涼收留

這些，我羞於啟齒：我真的對他們
愛得不夠

二〇一四・六・二十七

# 在村子的馬路上散步

從村子中間向北，抵達「橫店」小賣部再沿途返回
不會遇見更多的人，更多的車

一滴水在盆子裡滾到那邊，再滾回來
不會被看出銷蝕的部分

夕陽懸在天邊，欲落未落
那麼大，剛好卡在喉嚨。人間荒草荒涼著色

我從來不改變走路的速度

有時候急雨等在一場情緒的路口
一棵孤獨的稗子給予我的相依為命
讓我顫抖又深深哀傷

二〇一三・十二・十六

# 岔路鎮

我還是早到了。在你中年這一劫上，埋好伏筆

這陌生的小鎮，落日沉重
隨著你的接近，風裡湧動著故鄉的氣味
嗯，我就是為了找到故鄉才找到你
旅館門前的秋色裡，向日葵低垂

我一直設置謎語，讓你不停地猜
讓你從一朵向日葵裡找到最飽滿的籽粒
人生悠長

你一次次故意說錯答案
我們走了多少岔路
於這晚秋的淒清裡，才巧遇
我已準備好了炭火，酒，簡單的日子
和你想要的一兒半女

二〇一三・十二・十八

# 在風裡

這不息的風，這吹進腰部的風
肉體落定下來，靈魂還在打轉
一說到靈魂，我就想打自己兩耳光
這虛有之物，這肉身的宿敵

不要讓流言停止
不要讓肉欲停止

只有萬物的姿勢蠱惑了你的心
它們是另一種靜止，它們放下長遠之心

它們在風裡立正，只讓影子四散，倒塌
一棵茅草又矮又瘦，彷彿不適應掛霜
它顫抖。不是冷，也不是抗拒
直到霜都不知不覺搖回了內心
才想要回，來不及的白

二〇一三．十二．二十四

# 雪

雪從午夜開始下。雪從一個人的骨頭往裡落
她白色的失眠越來越厚
「愛情再一次陷進荒謬，落在塵世上的影子多麼單薄」

失眠是最深的夢寐，相思是更遙遠的離別
人世遼闊
相聚如一只蹺蹺板，今生在一頭，來世在一頭

雪從午夜開始下。到黎明，她聽到萬物斷裂的聲音
包括碎成幾段的河流

「來不了了。中年得慢慢行，他在小酒館還沒有醒來」

他們的約定和子女都在夢裡，背風向陽
為了從夢裡走進夢裡，她慢慢熬藥
不加當歸

到了晚上，就能堆一個雪人了
她給他眼睛，給他嘴唇，給他大肚子
她不知道，如果他說話，他的方言會不會
嚇她一跳

二〇一三・十二・二十五

# 一朵野百合只信任它的倒影打開的部分

一朵野百合就是一個秘密通道，誰摸到，誰消失
一朵野百合也是一個噴湧的山泉，誰到來，誰溺亡

它混跡於五月，混跡到萬物蓬勃，讓繳械的危險
步步緊逼

但是它打開的部分是關閉的另一個途徑
沒有一種信任能讓它停止在風裡的搖擺

哦，你輕易說出了愛，說出一件白春衫

把月光都反投給了天空

一隻羊故意讓自己丟失，整個草原都走過了
對畜牧草的追尋是牧羊人的事情

五月凌亂，一朵花發出喊聲就升到了天空
河流湍急，不過是有聲的靜止

二〇一四・五・二十六

# 我知道結果是這樣的

接下來是黃昏，然後是夜，越來越深的夜
一個女人離家出走：經過棉花地，水塘，越來越多墳的墓地
——如何讓塵世拴住自己的脖子
就知道如何讓四肢倒立
（四肢倒立不是一個暗喻，也不會讓你猜測）
哦，那些苦難恰到其分，春天構成的蜜恰到其分
我是說身外的苦難和不平越來越多
交出痛苦讓我羞愧
保持冷靜也讓我羞愧
我直立和彎曲，結果一樣，你看到的部分

也會一樣
如果我在一條河裡去向不明
我希望你保持沉默，在預定的時間裡
掏出黎明

二〇一四・六・二

# 一隻水蜘蛛游過池塘

我停下來，鐮刀握在手裡，草靜止在黃昏
——我是說一隻水蜘蛛剛剛下水的時候我就看見了
它向對岸游動，迅速，沒有一點遲疑
水面沒有一絲波紋，它如同趴在一塊玻璃上
嵌進了天空，雲朵，樹影的玻璃
如果是我，我一定停下了：它們不能誘惑我
為何到來
但是它，顯然對這樣的疑問沒有興趣
彷彿已經來回多遍
——連什麼時候無風都是計算好了的

二〇一四・六・八

# 在湖邊散步的女人

雲落在湖水裡，她落在雲上，樹影落在她背上
這棕紅的時辰，這泥質的時辰
這薄而脆的，一捅就破的時辰
在她前面搖晃

身體裡沒有酒杯，裝不住風
這些年，她不再搖擺。不再把昨夜的雨
夾在裙褶裡
走著走著，就走進一棵樹裡，被樹梢掛起來

而人群搖晃
沒有人留意一個空酒瓶一樣的女人
也不知道一瓶酒
灑在了哪裡

二〇一四・七・五

# 一隻烏鴉在田野上

它慢慢地，走過來，又走過去。並不關心天氣
它的身體裡有春夏秋冬，這個時候，北風勁吹
恥於南遷，恥於色彩。有翅膀就夠了
生命遷移或不遷移都是同等的浪費

傳來的消息是白色的。比如大雪或死亡
一些悲哀的事物莊嚴。一說就有了是是非非
如果過程再緩慢一些
也不妨找到一棵狗尾巴草內部的次序

在這個早春，寒潮第一次來襲
我什麼話都說出了，面臨重複的恥辱
風再一次吹來，而它沒有消失
彷彿一種堅固的浸在水面下的信仰

從地上到一棵樹上，或者從一棵樹到地上
她自己先省略了被計算的部分
性別，對象。另外一隻烏鴉飛過這個田野
產生的短暫的氣流

二〇一四・二・三

# 平原上

不是一棵樹沒有。不是一棟房子沒有
如果一列火車經過，許多房子就跑了出來
許多能活動的部分，螞蟻，豬，誤入歧途的烏鴉
人家稠密的地方是人間。人家稀疏的地方也是人間
在這個倒春寒裡，雨落在平原上，那些彎曲的炊煙，一忽兒就飄散

晨霧彌漫。火車在一個小站停靠的時候
他看見一個女人從自己屋子的後門偷偷摸摸地出來
紅色的裙子在風裡搖擺
紅色的疤痕在她的眉間，美和破壞都突兀

他看見她走進了一個樹洞。他看見一團霧從樹裡飄出來
他不知道的是，她在樹洞裡剛剛完成了一幅畫
畫上大霧，而火車是黃色的
一個男人抽著煙，向窗外張望。他的眼睛裡有一棵樹
每次都是這樣，她被她的男人打得遍體鱗傷
她就躲進樹洞，畫一幅畫

二〇一四・二・五

# 那麼多水，匯集

那麼多水匯集起來，天空的藍倒塌下來
她相信在海的下面還有一個天，飄著白雲，陽光，咒語，棺材
如同愛，從頭頂和腳底扣攏，在胸口拱出巨大的山
來的時候她說話，而以沉默的姿勢歸去
沉默，是遺忘和被遺忘的捷徑，花朵凋謝，青蛇倒懸

她以為遇見一個人，就能讓生命壽終正寢
如同水回流到水。過程不會留下濕痕
死亡如同蠱惑，而生亦如此
一夜之後，風平浪靜，她愛的人在船頭甜蜜親吻

他們在鋪開，不停地鋪開，如同水打開了水

那麼多水匯集起來，彷彿永世不會枯竭
只有倒過來的天空，沒有倒過去的海
一隻鷗飛了過來，死於沙灘
立刻不見
彷彿它從來沒有飛翔過，從來沒有把影子
留在水面上

二〇一四・三・十三

# 清明祭祖

午飯過後，父母去外公墳頭
我跟他們走到岔路口，停了下來
外公，好多年我沒有去看他了，這一次我又停在半路

父母遠了，小了
清明吊子在他們手裡一閃一閃，陽光大好
油菜花也大好

大好的油菜花開得久了，香也淡了
春天慣有的悲傷若有若無

——我愛上了體內已根深的奴性

把一朵花嚼在嘴裡的時候
看見幾個人在高壓電線的架子上作業
如幾隻蚊子叮在那裡

他們不會「啪」一聲掉下來的
這麼想的時候
墳地裡傳來了劈里啪啦的鞭炮聲

二〇一四・四・一

# 在橫店村的深夜裡

只是現在，我們又一次陷進春天
多雨的，豔麗到平凡的春天。我愛它不過是因為
它耐心地一次次從大地上復活

橫店村的春天，如此讓人心傷啊
我們的每一朵花僅僅是為了一個無法肯定的果
當雨落下來，我聽見杏花噗噗落地的聲音

是的，它們落下的時候只有聲音
姐姐你知道嗎，春天裡我是一個盲人

摸來摸去，不過是它呵出的鼻息
許多日子裡，我都是絕望的，如落花
浮在水面
姐姐，我的村莊不肯收留我，不曾給我一個家
在這樣的夜裡，時間的釘子從我體內拔出
我恐懼，悲哀
但是沒有力氣說出

二〇一四．三．二十四

# 你我在紙上

單薄。一戳就破。一點就碎
我沒有決定什麼，卻這樣被安排了
但是秋天風大

路越走越危險，到深夜還不肯停下來
中年的隱喻錯綜盤結
卻一說就錯

熱中畫圖的人，有落葉，有秋果
我都給他看了

他看不到的是：一籃橘子下埋的另外
他粗獷，他溫柔，他慈悲
哦，我願意他危險
並涉及到我
現在，我就應該關掉它，不再打開

二〇一四・十・十九

# 風從草原來

風從草原來，在你的城市不停地打轉
而呼聲淒厲，在明晃晃的月光裡
許多事情還沒有經過就成為往事
逃逸之人留一把鬍子，在街頭晃蕩
想給出的讚美，都被生生逼回內心
疼一疼就會過去

風從草原來，把一個城市困在風心
想看到的事物都被遮蔽
多少人一輩子過去了還沒有活過

他慢慢吐煙圈，慢慢說話
把方言裡粗獷的部分低音吐出
他不說疼
因為風吹過，無痕

二〇一四・十・二十二

# 梔子花開

白成一場浩劫，芬芳成一種災難
那些隱匿的聲音一層層推出來，一層層堆積，再散開
是的，無話可說了
白，不是一種色彩。而是一種姿態

每一年，如期而至的突兀：存在即為表達
反正是絢爛，反正是到來
反正是背負慢慢凋殘的孤獨：耀眼的孤獨
義無反顧的孤獨

那些噴薄的力從何而來？它不屑於月光
它任何時候都在打開，是的，它把自己打開
打得疼
疼得叫不出來

從它根部往上運行的火，從一片葉上跌落的水
還有萬物看它的眼神
這些都是白色的
無法阻擋地白，要死要活地白

二〇一四．五．十二

# 無題

你能否來，打掃我的枯萎：把凋零的花扔出去
黃了的葉子剪除
但剩餘的枝幹暫且留著：芬芳過的途徑要留著
——我的暮年就交給你了，這一顆皺巴巴的心
也交給你
你不能夠怪我，為這相遇，我們走了一生的路程
所以時間不多，我們要縮短睡眠
把你經過的河山，清晨，把你經過的人群

都對我重複一遍
——你愛過的我替你重新愛了一遍
然後就打起了瞌睡
心無芥蒂

二〇一四・五・十四

# 麥子黃了

首先是我家門口的麥子黃了，然後是橫店
然後是江漢平原
在月光裡靜默的麥子，它們之間輕微的摩擦
就是人間萬物在相愛了
如何在如此的浩蕩裡，找到一粒白
住進去？
深夜，看見父親背著月亮吸煙

——那個生長過萬頃麥子的脊背越來越窄了
父親啊，你的幸福是一層褐色的麥子皮
痛苦是純白的麥子心
我很滿意在這裡降落
如一隻麻雀兒銜著天空的藍穿過

二〇一四・五・十八

# 五月，請讓我藍透

從一件裙裾，從裙襬掀起的風
從一個眼神，一次觸碰，一個可能，一種意外
甚至，從一聲歎息開始

允許湖水照耀我的行走，允許我袒露：
悲傷！
哦，悲傷，這蠱惑，這純粹，這把往事一把抹平的神祇

這都是理所當然啊：黃昏的天空
搖擺在水中央的青荇

和在草籃子上被風翻動的書頁
而我把自己交出去，交給這樣的藍
是怎樣的一種執迷不悟

二〇一四・五・三十一

# 青青階上草

夕陽低於老槐樹的時候，照到了她的鞋子上
鞋子上的牡丹已經暗淡
掩埋在台階上的草色裡

她扯了扯掛在台階上的裙邊
也扯動了黃昏和湖水
哦，湖水，只有他的身影還在波光裡蕩漾

風吹動皺巴巴的日記本
第五十三頁上，他剛好把一截煙灰彈到了

她的手腕上

「我不介意怎樣把自己安放進泥土」
她喃喃自語
她抬起眼睛看著遠方

一段陳年的煙草香隱隱約約飄來
繞過老槐樹
和她五十年守著一個諾言已經彎曲的身體

二〇一四・六・五

# 白月光

比雨更狂暴，打下來，錘下來，這殺人的月光
能怎麼白呢，能怎麼叫囂呢，能怎麼撕裂，還能怎麼痛
拒絕掩蓋的就是一無是處的
地球從這一面轉到那一面，能怎麼照？

罪行也是這麼白。不白到扭曲不放手
你舉起刀子，我不閃躲。山可窮水可盡
誰不是撒潑無奈耗盡一生，誰不是前半生端著
後半生就端不住

哦，這讓人恐懼的光，把虛妄一再推進
讓我在塵世的愛也不敢聲張
你盡情嘲笑我吧
就算你的骨頭不敢放進月光一剎那

二〇一四・八・三十一

# 樓蘭

其實是被扔在沙漠深處的一座廢城
其實是城裡沒有蓋上的棺材發出的嗚咽
其實是一個女子反反覆覆尋找的一處水源

二〇一四・十一・二十四

# 神賜的一天

牽牛花把藍都舉在籬笆上，風從遠方吹來
草木繁茂
每一種味道都穿過我，溫潤，甜蜜

那時候我在廣袤的原野上，看見你的城市
反出的光芒
就知道你拎著一籃蘋果過了馬路

所有的提示都在這裡了
這神賜的一天：你我安於人世

這是多珍貴的禮物

二〇一四・九・一

# 秋

書信依舊未至。院子裡的桐樹落完了葉子
寒蟬淒切。
我還是喜歡在大片的葉子上寫字，比米粒還小的
而愛，還是那麼大，沒有隨我不停矮下的身體
矮下去
他還在那個燈火不熄的城市愛不同的人
受同樣的溫暖和傷害
朋友們說起他，我說都過去了
秋風在院子裡轉了一圈，也過去了
我還是每天打掃院子，想想他在人間

我打掃得很仔細

二〇一四．九．四

# 請原諒，我還在寫詩

並且，還將繼續下去
我的詩歌只是為了取悅我自己，與你無關
請原諒，我以暴制暴，以惡制惡
請原諒，我不接受那些無恥的同情
這個世界上，我只相信我的兔子
相信它們的白
相信它們沒有悲傷的死亡
做不做詩人我都得吃飯，睡覺
被欺負就會叫
我不得不相信：哪怕做一個潑婦

也比那些虛偽的人強

二〇一四・九・七

# 九月，月正高

那些回鄉的人，他們擁有比故鄉更白的月亮
他們喜歡半路迷途，總是走不回去
他們的女人在村莊裡快速老去，讓人放心
棗樹都凋敝在露裡

村莊不停地黃。無邊無際地黃，不知死活地黃
一些人黃著黃著就沒有了
我跟在他們身後，土不停捲來

月亮那麼白。除了白，它無事可做

多少人被白到骨頭裡
多少人被白到窮途裡

但是九月，總是讓人眼淚汪汪
田野一如既往地長出莊稼
野草一直綿延到墳頭，繁茂蒼翠

不知道這枚月亮被多少人吞嚥過了
到我這裡，布滿血跡
但是我還是會吞下去

就是說一個人還能在大地上站立
你不能不抬頭
去看看天上的事物

二〇一四·十·五

# 黃昏裡

它不再開花了，院子裡的忍冬
它不再開花的時辰幽深，溫柔
這時候夕光落在它的頂冠
溢下來
漫不經心

漫不經心的還有風，扯著葉片兒
卻不打算扯下什麼

哦，我愛的是它旁邊一些枯萎的葉片兒

不是它的葉片兒
它們經歷過雨水和火焰了
它們的經脈透明

但是我知道更多的是
一棵不再開花的樹為什麼
還這樣綠著

二〇一四・十一・三十

# 深夜的兩種聲音

我的深夜裡只有兩種聲音
冤鬼的嘶吼
余秀華的悲鳴

我愛著的只有兩個男人
一個已經離去
一個不曾到來

我的清晨有兩段光明
一段照我書寫

# 一段照我洗浴

二〇一四・十一・三十

# 闊葉林

我喜歡這已不著一葉的林子，喜歡林子裡稀薄的秋
甚至，我也喜歡這裡密集的哀愁
醞釀到此，恰到好處的哀愁

這是在鄂，在一個不為人知的村莊，一片樹木集結的林
秋天的許多下午，我一個人在這裡
仰望一小片一小片的天空

我想念那個不曾愛我的人。想念我的任性妄為
曾在半空搖搖欲墜

而那些，蒼翠得讓人不得不停下，凝視
落在地上的葉子越來越少了
每天晚上，我都會磕一磕腳
我也喜歡這多此一舉的動作

二〇一四．十二．一

# 床

在這裡，我度過了許多不該度過的時光
比如陽光好的中午，月季花在窗外啪啪打開
那隻花貓在院子裡打滾
有時候嘹亮的交談，如同天空落下的雲朵
我也不為所動

在床上的時光都是我病了的時光
我慢性的，一輩子的病患讓我少了許多慚愧
有時候我想把一張床占滿
把身體捶打得越來越薄。這時候總是漏洞百出

心蓋不住肺

這張床不是婚床，一張木板平整得更像墓床
冬天的時候手腳整夜冰涼
如同一個人交出一切之後的死亡
但是早晨來臨，我還是會一躍而起
為我的那些兔子
為那些將在路上報我以微笑的人們

二〇一四・十二・四

# 感謝

陽光照著屋簷，照著白楊樹
和白楊樹的第二個枝丫上的灰喜鵲
照著它腹部炫目的白

我坐在一個門墩上
貓坐在另一個門墩，打瞌睡
它的頭一會兒歪向這邊
一會兒歪向那邊

陽光從我們中間踏進堂屋

擺鐘似乎停頓了一下
繼續以微不足道的聲音
擺動

二〇一四・十二・五

# 生活的細節在遠方回光照我

一說到遠方，就有了遼闊之心：北方的平原，南方的水城
作為炫目的點綴：一個大紅裙子的女人有理由
把深井裡的水帶上地面，從黃昏傾流到黎明

源於今天的好陽光，我安於村莊，等她邂逅
我們的少年，中年，老年一齊到來，明晃晃的，銀鈴叮噹
哦，這冬天的，不可一世的好陽光

他拍打完身上的煤灰，就白了起來
吸引他的卻是黑。他不在地面上的時辰是金黃的

金黃得需要隱匿才合情合意
年輕的人啊，把自行車騎得飛快
他卻故意拖延了幾個時辰才敲響本身就虛掩的
一扇門

二〇一四・十二・二十一

# 初冬的傍晚

陽光退出院子，退得那麼慢
其間還有多次停頓，如同一種哽咽
北風很小，翻不起落在院子裡的楊樹葉兒
爐子上的一罐藥沉悶地咕嚕，藥味兒衝了出來
擊打著一具陳舊的病體
她蹲在院子裡，比一片葉子更蜷曲
身體裡的刀也蜷曲起來
她試著讓它展開，把一塊陳年的愛割掉
這惡疾，冬天的時候發炎嚴重

光靠中藥，治標不治本
但是她能聞出所有草藥的味兒
十二種藥材，唯獨「當歸」被她取出來
扔進一堆落葉

二〇一四・十一・二十二

# 迎著北風一直走

開始的時候我昂著頭，後來就低下了
這樣的時候，他們應該點燃燈盞，但是沒有。
樹木和落葉都在奔跑，與我逆向

離開村莊，我覺得還能走很遠
沒有低懸的雲朵擋住我的去路
也沒有另外的村莊指引我的方向

哦，懷抱雷霆的悲傷的女人
閃電在身體裡生鏽，我不能掏出

為那些在一個個漩渦裡看著我的人啊
這是一個禦寒的過程
如同把血液灑在生存
把愛抵當給死亡

二〇一四・十一・二十三

# 葵花小站

夕陽的光挨著牆根，毛茸茸的青苔
你會看見一溜兒小風靠上去的樣子
沒有樹木，天空湛藍
異鄉的任何一種藍都可疑，如同虛空的漏洞

火車已經開走了，夕光落在鐵軌上
一起鏽跡斑斑了
車站裡幾個晃動的人沒有相信火車會返回
的樣子

左邊不遠就是沙漠
只有鎮子上有開著的向日葵
並不光鮮
灰土土的

你不知道為什麼會在這個站台下車
但是你卻下了
你從這頭走向那頭
一些在風裡旋轉的紙屑一直跟著你

二〇一四．十一．二十九

# 輯　四

# 婚姻

我為什麼會有一個柿子，我為什麼會有一個柿子

多少年，一個人在沼澤裡拔河
向北的窗玻璃破了，一個人把北風搗在心頭

「在這人世間你有什麼，你說話不清楚，走路不穩
你這個狗屁不是的女人憑什麼
憑什麼不在我面前低聲下氣」

媽媽，你從來沒有告訴我，為什麼我有一個柿子

小時候吃了柿子，過敏，差點死去
我多麼喜歡孤獨。喜歡黃昏的時候一個人在河邊
洗去身上的傷痕
這輩子做不到的事情，我要寫在墓誌銘上
——讓我離開，給我自由

二〇一四・三・十

# 冬天裡的我的村莊

三叔跌跌撞撞跑來，又把牛放丟了
他說：我媳婦，我媳婦它不是回娘家了，它跟人跑了
他又說：牛背上落了一隻烏鴉，我沒逮到它

二叔的門關著，這個冬天他不會回來了
他的院子裡落滿了樹葉子，在風裡打了幾轉
落下來，再打了幾轉，再落下來

我一瘸一瘸地去幫三叔尋牛，空蕩蕩的村莊
風在這兒跌下來，在那兒跌下來

我跟著一隻烏鴉的叫聲跑
三叔喊：你聽見了嗎，聽見了嗎，要下雪了
下雪了，他們就找不到路
他們不會回來了

的確，雪從北方傳來了消息
但是與我的村莊有多大關係呢
雪沒有下，我的村莊也如此白了

二〇一四・三・二十九

# 背景

數場雨，一棵樹單薄了
太陽出來後，照著那些發暗生黴的葉子
真不招人喜歡了。
這麼藍的天扣在橫店村的上面
這麼白的雲浮在白楊樹的上面
新種的小麥晃出一層毛茸茸的綠
野草枯黃出讓人心醉的時辰
我坐在田頭，秋風都往懷裡吹
麻雀兒一陣陣的，落下又旋起
它們落在橫過麥田的電話線上，那麼輕

不忍驚動遠方傳來的零星的消息

二〇一四．十一．四

# 讚美詩

這寧靜的冬天
陽光好的日子，會覺得還可以活很久
甚至可以活出喜悅

黃昏在拉長，我喜歡這溫柔的時辰
喜歡一群麻雀兒無端落在屋脊上
又旋轉著飛開

小小的翅膀搧動淡黃的光線
如同一個女人為了一個久遠的事物

的戰慄

經過了那麼多灰心喪氣的日子
麻雀還在飛，我還在搬弄舊書
玫瑰還有蕾

一朵雲如一輛郵車
好消息從一個地方搬運到另一個地方
彷彿低下頭看了看我

二〇一四・十二・二

# 今夜，我特別想你

但是，夜色和大地都如此遼闊，而我
又習慣被許多事物牽絆。整個下午我在熬一服中藥
我偷偷把「當歸」摘出，扔掉
——是遠方的我走過來，撞疼了我

夜色裡總有讓我恐懼的聲音。而我心有明月
——即便病入膏肓，我依然高掛明月
它讓我白，讓我有理由空蕩
讓我在這個地圖上找不到的村莊裡
奢侈地悲傷

只是一想到你，我就小了，輕了
如一棵狗尾草懷抱永恆的陌生搖晃
我無法告訴你：我對這個世界的對抗和妥協裡
你都在
所以我還是無所適從
無法給這切膚之痛的心思一份交代

只是一想到你，世界在明亮的光暈裡倒退
一些我們以為永恆的，包括時間
都不堪一擊
我哭。但是我信任這樣的短暫
因為你也在這樣的短暫裡
急匆匆地把你土地的一平方米
掏給我

二〇一四・十二・二十六

# 每一個時辰都是孤獨的

我只要一平米的孤獨：一盞燈，一本書，一個疾病
這無人能涉足的一平米，這陽光照不進來的一平米
有井那麼深，那麼幽暗，絕望

他給我的光芒，被我藏起來：這好意
我不敢揮霍
我希望下一個春天照到我，還原這相遇的美意
我還是懷抱危險行走的女子。因為他的承諾
這危險我不敢再說出來

此刻，死亡是膚淺之事。我孤零零地活著
孤零零地活著。把一切病垢當良藥吞下
不要再校正我的偏差
一個病人把病摀起來，是多麼可恥的事情

二〇一四・十二・二十六

# 我想遲一點再寫到它……

許多黃昏裡，我朝任何一個方向都是逆光
我漫不經心地看著樹木在水面上的倒影，直到完全黑透
我在黑暗裡。風從松林裡穿過：這愛的悲泣
一陣跌下梢頭，一陣起於樹根
綿綿不絕。

我想遲一點寫到一個人，遲一點抬頭看見星空
我想讓這心中的塊壘再重一點，直到塌下，粉碎我
多麼絕望啊：我遇見了最好的

卻不能給出一句讚美

二〇一四・十二・三十

# 而夜晚

秋天到了這個時候，萬物噤聲
如果心裡還有喧譁，就是一匹初癒的紅馬
它的去向讓人悲傷。
你說悲傷了大半生，還不夠嗎
你說天邊的彎月摘下來又能如何
是啊，黑暗無法抵禦黑暗，疾病不能掩蓋疾病
有人消逝，在雲朵裡一去不返
村莊的一棵大樹被拔出，一個人的莊園
也血肉模糊了
我不知道為什麼這麼多夜晚能夠平靜地

寫字
這溫柔的凌遲
已不是最初的那根稻草。
如同我知道一個久病的人不能尋找良醫
（這是恥辱。也被人恥笑）
但是尋找一個夜行人是好的
我準備好了亮閃閃的刀，遇見就會奉上

二〇一四・十・七

# 在秋天

如我所願，秋天咬了我一口
然後給我很長的時間，看我傷口發炎，流膿，癒合
它說：你這樣的草民，還配疼一疼
還配這麼慢調斯文地疼，然後把它交給落葉
在紅月亮不落的國家，一些人把黎明裹在破衣裳裡
把收穫埋得很深，便於遺忘
他們在街頭聚集，討論沒有頒布的國家法律
什麼樣的季節，就有什麼樣的法律
他們的腳心也有傷口
血從各個街道向人民廣場匯集

秋風吹過他們的面頰
我唯恐認出我失散的那些親人

二〇一四．十．十二

# 深秋

木門破了個洞
月光和狐狸一前一後進來，再這樣出去
女人提著布裙子繞過台階上的落葉
坐下來梳頭
很慢地梳。
落在頭髮上的葉子，風一吹，落下來
面前的馬路荒草叢生
郵差幾個月沒有來了。只有那鈴聲還在響
她不管它
慢慢梳頭

頭髮很長了，幾根白頭髮也很長
她對它們熟視無睹
面前的柳樹落了一群麻雀，瞬間散去
台階很冷，她站起來
開了門，又關上

二〇一四·十·十四

# 再見，二〇一四

像在他鄉的一次擁抱：再見，我的二〇一四
像在他鄉的最後告別：再見，我的二〇一四

我遲鈍，多情，總是被人群落在後面
他們揮手的時候，我以為還有可以浪費的時辰

我以為還有許多可以浪費的時辰
二〇一四如一棵樸素的水杉，落滿喜鵲和陽光
告別一棵樹，告別許多人，我們再無法遇見

願蒼天保佑你平安

而我是否會回到故鄉

——一個沒有故鄉的人，懷揣下一個春天

下一個春天啊，為時不遠

下一個春天，再沒有可親的姐姐遇見

但是我謝謝那些深深傷害我的人們

也謝謝我自己：為每一次遇見不變的純真

二〇一四·十二·二十七

# 一直走

一直走，在漫漫黃沙裡。看不出來落日的長
一直走，把水井橫過來，把水都藏起來

會有一個小鎮，是曾經遇見過的
包括一個已經枯萎的人

會找到內心杯口朝北的空酒瓶子
它迎風的呼嘯一直在那裡

如同一個人把腳印擱在夢裡

直到他也進到夢裡，把它帶出來
一直走，在最北的北方觸到南
還不要停下來

二〇一四．十一．二十

# 懸石

我還是嚇了一跳。瞬間淚流滿面。
滿懷哀戚，我繞過去。滿懷哀戚，我又回來
多少日子，沉默壓著沉默
我以灰燼拼湊的肉身，我以晚霞塑光的心

多麼危險，多麼重
這愛啊

二〇一四・十二・十一

# 張春蘭

當年，她一襲紅衣，頂著明月進橫店村
楊柏林窗口的燈光被她抓住
貧瘠的日子照著更貧瘠的女人：沒有祖籍
嫁人，逃婚

她很美！眼睛閃閃發光
楊柏林給了她一個家，她給了他一個兒子
他們一起下地幹活，一起去村裡打麻將
當然，同枕共眠

楊柏林不知道她半夜起來
對著村邊的河水發呆
也不知道她眼睛裡的東西叫作：憂鬱
憂鬱多高貴啊，農村人不適宜

他偶爾動手打她
她一言不發，她的眼睛閃閃發光
楊柏林絕望地
澆不滅這光

後來，她放火燒了他的房子
投案自首
楊柏林保她，她不出來
村裡人問他的兒子：你媽媽哪兒去了

兒子說：那個婊子不回來了

二〇一四・四・二十一

# 低矮

麥子是低矮的，黃透的油菜也是
如果風不把草吹低
端著飯碗坐在田邊的父親是看不見的
麻雀打了幾個旋，又落了回來
父親說，不管哪個季節的螞蚱都是蹦不高的

且別說一些野草野花，一些戴草帽的人
雲都是低矮的，然後是白楊樹
其實白楊樹有幾人高呢
但是被視而不見

低矮的東西風是吹不走的
父親的六十年，我的三十八年

二〇一四・五・五

# 給寶兒的一封短信

今晚沒有月光，你從後門進來的時候
要磕掉腳上的泥巴，也要磕掉來路上的腳印
嗯，你以前做過什麼我不在意
我們都是有罪的
今晚我們把這罪行之一重複一遍
你可以哭，卻不要懺悔
嗯，夜很長，我可以多等一會兒
等你給你的傻女兒洗好，哄睡
等你從你妻子的墳墓上趕走那隻亂叫的貓頭鷹
等你和以前一樣忘記為什麼

來我這裡
我把那燃了半截的蠟燭遞給你
讓你端著回家

二〇一四・九・二

# 一隻飛機飛過

巨大的轟鳴，不屑包裹雲朵，不屑追蹤錯綜複雜的歷史
秘密是看不透的。它也不屑這晴朗萬里的下午
你相信這個下午有風嗎
你相信那些潮流沒有任何預兆就過去了？
是的，從它隱隱約約的轟鳴
到我把自己穩妥地放在一塊草地上
它就過去了
一池水波還在那樣搖晃，幾根蘆葦繼續漫不經心
它們空體裡時間下落得緩慢

在一隻飛機的眼睛裡，夕陽濃重的村莊
一晃而過
不含俗世，不含被俗世埋得深的人

二〇一四・一・二十四

# 下雪了

說出這個事情，一切就結束了。而我不知道什麼事情
開始過
在鄂中部，等候一場雪只是一些麻雀兒的事情
這註定來了，然後過去。剩下的就是它們體內的好天氣了
只是我不止一次發現，我不如一隻麻雀兒
喜悅，哀愁都是褪色的暗斑，提不起來
昨天夜裡，聽見雪打響窗櫺，我突兀地叫出了一個人的名字
身邊的人無動於衷
當然他動不動，這個名字我還是會叫出來
一輩子在一個人的身邊愛著另外一個人

這讓我罪大惡極，對所有遭遇不敢抱怨
對身體的暗疾只能隱瞞
半夜，藉手機的微光撒了一泡尿
聽見雪嗞嗞融化的聲音
我又一次感到，我是多麼庸俗的一個女人
比如此刻，我的偏頭痛厲害，眼淚不停地流出來
我只想逃脫這樣的生活
和深愛之人在雪地上不停地滾下去
直到雪崩把我們掩埋

二〇一四・二・六

# 你只需活著

「你只需活著，上天自有安排」。我看見金銀花萌芽
天氣晴好了。幾片雲為天空的異鄉客
多年來，我想逃離故鄉，背叛這個名叫橫店的村莊
但是命運一次次將我留下，守一棟破屋，老邁的父母
和慢慢成人的兒子
而兒子彷彿一個慢慢走近的客人，慢慢染上了我的體味

要說幸福，這恰恰是，剛剛好。
而我卻一直深懷哀傷。如此隱匿，我自己也說不出口的
活著，如一截影子，從天空落進水裡

一輩子在一起的人無法相愛，獨自成活
是誰無法讓我們對這樣的人生說：不！

二月來了，「活」字開始動手動腳
我每天幾遍打掃房子，彷彿陽光能乾淨地照進來
我養月季花，讓它一次又一次地開
我養兔子，只給它一窩
她不高興也無法背過身去（我是她的生活時
我必定溫柔與殘忍並存）

更多的時候，我只是活著，不生病，不欲望，一日一餐
我已經活到了「未來」，未來如此
一顆草木之心在體內慢慢長大
這是多麼出人意料，也多麼理所當然

二〇一四・二・二十一

# 春雪

雪下了，萬物泛白。我不該想到更大的黑隱匿著
在一棵植物還沒有發青的內部，沒有多餘的讚美詞
雪，一片接一片下墜，以輕擊重
沒有遲疑

我從來沒有仔細看過一片雪，它的形狀，它的色彩
它來源的密碼，它小於指尖的蒼茫，或是大於天空的虛空
對它的到來，我過於泰然
不悲不喜

地有多白，雪就有多大。除此之外，我並無祈求
雞在雪地上走來走去，人間溫暖
我等雪化以後，出去走走
不把足印留下

二〇一四・二・二十五

# 黎明

微光透進窗，而把人拍醒的
是院子裡的雞鳴
在這冬天，還是能聽到事物拔節
低沉渾厚的聲音
因為這光，它們總有清醒的心

逆光而出，是薄霜覆蓋的田野，是輕輕打開門楣的人間
是身邊的一棵樹慢慢推到遠處
它最美的枝條依舊朝著東方

因為愛，又一次從死亡裡拔腿而出的人
安放好心，安放好乳房
哦，黎明，是從兩個乳房之間開始的
彼此照亮

在雞鳴起落之間
一輛火車徐徐駛出站台
那些行色匆匆的人，背著故鄉或他鄉的黎明
霧氣正一層層往下掉

而扔在旁邊的一節病了的車廂
它的四角也有明確的光亮
真的
和我多像

二〇一四．十二．二十

# 掩埋

夜色掩埋她，掩埋得很輕而不徹底
她是一次次復活的人：她熟諳死亡，熟諳生活
也熟諳這兩者之間的心絞痛

那些花終於不再開了：如虛構的潮水退去
土地呈現本色：荒涼啊
荒涼的愛，荒涼的表達和身體裡的次序

唉，一說到愛，就有瀕臨死亡的危險
除此，沒有第二條表達途徑

——她對這肉體和靈魂又一次不滿

如同一次地震，讓一個人死去，讓一個人活著

讓第三個人從廢墟裡誕生

她亦生亦死

唉，我什麼也表達不了

危險的是這樣的夜晚拒絕危險

發生

二〇一四．十二．二十二

# 戰慄

雲朵打下巨大的陰影。雲朵之上，天空奢侈地藍
這些頭頂的沉重之事讓我不擇方向
不停行走

我遇見的事物都面無顏色，且枯萎有聲
——我太緊張了：一隻麋鹿一晃而過
而我的春天，還在我看不見的遠方

我知道我為什麼戰慄，為什麼在黃昏裡哭泣
我有這樣的經驗

我有這樣被摧毀，被撕碎，被拋棄的恐慌

這虛無之事也如鈍器捶打在我的胸脯上
它能夠對抗現實的冷
卻無法卸下自身的寒

如果我說出我愛你，能讓我下半生恍惚迷離
能讓我的眼睛看不到下雪，看不到霜
這樣也好

這樣也好啊，讓一個人失去
對這個世界的判別
失去對疼痛敏銳的感知

可是，誰都知道我做不到

愛情不過是冰涼的火焰，照亮一個人深處的疤痕後
兀自熄滅

二〇一四・十二・二十三

# 去涼州買一袋鹽

我被這樣的荒謬擊中，且不能自拔
我無法相信，高了幾個緯度的食鹽，會鹹到
讓我從此啞口無言
並對生活和愛情隻字不提

真是讓我憤怒：他說他是不可缺少的鹽
我居然信了
但我不把它劃分到信仰
——中年的夜晚孤寂，乾燥。適合一杯淡茶

我偷偷去涼州了，在夢裡兜兜轉轉
不停地說服撲到懷裡的秋風
而且我不停地計算：一袋鹽放在多寬的水域
才能形成浮力不淹死自己

二〇一四·八·十五

# 那個在鐵軌上行走的女人

她捧著昨天的玫瑰，被夜露和月光浸淫
頭部垂到秋天的，香味如流言消逝的
花

她不停地走，搖搖晃晃
太陽落在鐵軌的那頭。我想給她一個返程
可是不能

如果有一列火車，鳴笛驚醒她的恍惚
甚至把一個危險安插在她身邊

也是好的

但是這鏽跡堆積的鐵軌許久不通車了
一段鐵軌安全得
讓人心碎

她知道這枯萎可以丟開，沒有損失
但是她一直握著
如同她被許多年握著的樣子

二〇一四・八・二十

# 青草的聲音

比起夏天，青草的聲音遲緩多了
對這樣的斷裂不慌不忙，彷彿死亡揣了許久
每一棵草心都是空的

第二撥以後的草長勢緩慢
老得匆忙
就這樣迎來了秋天的第一場露水
我手上的傷口也在慢慢癒合

一籃草割滿，坐下來休息
秋草還是比我高出許多
偶爾想起沒有寫完的詩歌
知道自己還有不可擺脫的矯情

但是藍天白雲下我曾經那樣愛過
山山水水間我曾經那樣走過
而青草年復一年
把人間覆蓋得蒼翠而低矮

我應該是在紅塵受夠了疼痛
才敢一刀一刀把它們還給大地
輕風
和黃昏

二〇一四・八・二十六

# 我們很久不見了

我去見你
白楊樹芽緊握拳頭
那個春天必然會受沉重一擊

我不停旋轉，抖落紛揚而來的灰燼
時間的灰燼，水的灰燼，煙的灰燼
我的肉體無法呈現我，這是必要的。那時候你不停
晃來晃去
如一個安分的老男人洩漏的意外成分
讓人悲憫

我們在做什麼呢，事到如今也不能合力取下
伸到秋天外的一枚果實
哦，那麼多冤枉的時辰

我太放任自己：遺忘比愛更徹底
忘記你，也忘記再去愛。只對隔年沒有落下的
黑皮的橘子著迷

二〇一四・八・三十一

# 美好之事

為了愛你，我學著溫柔，把一些情話慢慢熬
儘管我還是想抱著你，或者跳起來吻你

唉，你有什麼吸引我的呢：一把鬍子，鬍子裡還有蝨子
你也不是四月，甚至連十月都過了
床第之事未必會盡如人意
只有我這個不爭氣的女人，把人間的好都安在你身上
還想去偷去搶

——彷彿世間的美只配你享用

玫瑰不夠，果園不夠，流水和雲不夠
春天是不夠的
你猜我在偷竊的路上會不會失足

哦，天哪，這是多麼美好的事情，不要說出來
哦，如果我真的失蹤了
你要常翻翻自己的身體：多出的一塊疤痕
會不會無關緊要地疼

二〇一四．十二．九

# 晴天

陽光照在院子裡，照在越冬的月季株上
從田埂上割草回來，鐮刀掉在院子裡，響聲清脆

把手洗乾淨。也把臉洗乾淨
——一些皺紋讓人滿意：我總是在最深的夜裡
把愛，把疼都壓下去
粗糙地活著：偶爾耍潑，偶爾罵人

但是這深冬的陽光依舊出賣了我：我這溫柔的部分啊
彷彿迎合了你在遠方的反照

而你，從白雪覆蓋的街道上走過
在一個門牌前停了很久
不知道這裡的氣候

二〇一四・十二・十三

# 月光這麼白

白到我不忍心揭開它的假象：罪惡被覆蓋
善良被損傷
北方的大雪沒有這麼固執，這麼兇狠
沒有把一切事物都撂倒的決心
我穿得更厚，才敢從月光裡穿過
我身體裡的黑都在破碎，如死去多年的腐骨
同時破碎的是愛，恨
它們的混合之物在如此盛大的月光裡
骯髒
想起我白天裡活著的樣子，也是月光

偷偷摸摸挨在陽光裡的樣子
如果我不喊疼
就沒有人認出來

二〇一四・十二・二十八

# 「我們總是在不同的時間裡遇見」

半輩子過去了，你回覆了一句：我在呢
你在，能否證明我在？
事隔長久的對照，小小的雷霆和火焰
在風裡搖晃
你總是對的。但是我不能承認
你是甜的，但是不能中和我身上苦的味道
你說出愛，也無法打消我對人世的懷疑

你問我：怎麼辦？

雨水落下來，我都吞進肚裡
但是屋前的河水一直往漢江裡流，再到長江
我如果想見你就順水而下。但是不能這麼容易
不能
一輩子對於一份愛情太短了，連思念都不夠
你在
這真是要命。而我的命與你無關
我要活著。這是最緊迫的一個問題

你在，真好啊

二〇一四・九・二十五

# 徒有愛

雨水跟著青蛙一起回湖北，漢江水位上升
生鏽的舟楫，零散的浮萍
卸下方言長久不語的人，扣緊袖口的西風
哥哥，你我都是漂泊之人啊
有時候故鄉的月亮也讓我不敢相認
此刻，我只想捧上新酒
喊一聲：能飲一杯否？

如何送你遠行，就有怎樣的霧靄飄來
在重慶歇歇腳吧，去霧裡看一個憂傷的妹妹

哥哥，替我抱抱她
我一個女兒體始終愛不過來另一個女人
她每疼一次，我也會叫一次
這喊聲也是飄浮著的
不繫石頭，不能下沉
哥哥，你抱她的時候要忍住哽咽

我想在一條山路上一個人走走
去一個銀杏樹園看一個叫李敢的男人
他若給我水，我就喝下
給我果實，我也吃下
他不會問及我姓名，我就不說了
一個越來越老的人啊，往事越少越好
走的時候，我會深深鞠躬

他若哭泣，我就把這眼淚當作相認

二〇一四．九．二十九

# 在棉花地裡

中午的時候，她直起腰來
秋風順著脊背滑下去，坡下的草更黃了
幾座墳塋裸露出來，四月的清明吊子還在

這是第三撥了，白燈籠密密麻麻掛著
她又一次相信
這些白聚集起來就能把日子照亮

她重新纏了手上的膠帶
「我說過，生活掐在五指間

漏不出去」

背一袋棉花往回走的時候，她摔了一跤
她爬起來
天上沒有一朵雲
地上倒有很多

二〇一四・九・二十九

# 一朵菊花開過來

總是有風。那些薄到好處的金屬撞擊出
的聲響：被包裹了的鐘咬住一個個回聲
哪一條小路，都對應著教堂裡的一個位置
不用說，一朵菊花是一個經文的翻譯

我不是秋天裡唯一被度化的人
卻有著重生的可能
——否則那些搖來搖去沒有墜下的顏色
不會到了午夜還在我血管裡行走

肯定能聽到一朵菊花安靜時候的呼嘯
但是這隱秘如同愛情的
需要怎樣的情懷
才能預先包容秋天一開始的衰敗

一朵花有果實的內心，一開始就含淚
於是把每個秋天都當作歸期
才燦爛得
一敗塗地

二〇一四・十・二十一

# 致

從我這裡到你的城市，不止八千里吧
那一年我費盡周折去了，什麼都沒帶
——我家鄉的土特產，綿軟的口音
甚至眼淚

回來後，發現我丟了一樣東西在你那裡
——我那麼小的一顆心，那麼小
許多年，你都沒有發現它在那裡
空了心的肉體沉重，在塵世悲哀地搖晃

我決定回到你那裡，踏著暮色上路
從我這裡到你的城市要走多久？
要跌倒多少次
還要面對多少誘惑

所以我允許你愛上不同的人
在你的房間做愛，在你的城市牽手
在空蕩蕩的街頭含淚親吻

——我有足夠的耐心等待
等你駝著背拐過巷口
撣掉落在你頭髮上的雪花

# 天黑了，雨還在下

雨，匯聚在屋簷，落到院子裡
雨還沒落到地面上就變成了水
但至少有一半，它還是雨

雨落在院子裡，響亮。白色的響亮
碎銀子般，互相把光打在彼此身上
我在沒有燈的房間裡，聽得見這光
也聽得見芭蕉，薔薇枯萎的聲音
枯萎得那麼美

仿若讚頌
許多夜幕降臨的時候，我是這樣度過的
只是這下雨的時候
更為寂靜
寂靜成一種危險
就深信有穿蓑衣的人從遠方趕過來

二〇一四・十一・二十三

# 山民

你把我灌醉，說鎮上人群聚集。但我想著山裡的一棵槐木
你把我灌醉，說有人請我跳舞。但我想著山裡一棵落了葉的槐木
照著我的陽光，能照著槐木北面的小松鼠洞，照著它慌張的母親
才能被我讚頌

我是背著雨水上山的人，過去是，未來也是
我是懷裡息著烏雲的人，過去是，現在也是

你看我時，我是一堆土

你看我時，風把落葉吹散，我是一堆潮濕的土

二〇一五・一・十三

# 呼倫貝爾

草和落日。它們把世上的所有都交給你了
它的深奧在於平坦之處的隱匿，這樣的隱匿讓你
想把自己供出

什麼都可以裝進口袋攜帶：牛羊，蒙古包，馬頭琴
為它而來的人，因它而去的魂
除了地本身

這遼闊讓你哽住。讓你懷疑，讓你哭喊而想把自己撕碎
甚至一棵草上的光暈

都有到來與離開的啟示
這遼闊吞沒的是更大的遼闊，不要說憂傷了
除非有人馳馬而來
蒙上你的眼睛，劫你而去

二〇一四・十・二十四

# 風吹

黃昏裡，喇叭花都閉合了。星空的藍皺褶在一起
暗紅的心幽深，疼痛，但是醒著。
它敞開過呼喚，以異族語言
風裡絮語很多，都是它熱愛過的。
它舉著慢慢爬上來的蝸牛
給它清晰的路徑

「哦，我們都喜歡這光，雖然轉瞬即逝
但你還是你

有我一喊就心顫的名字」

二〇一五．一．十六

# 蕩漾

想到漢江，就有風從江面上吹拂而來
只有風流淌了許多年，而船隻一直泊在岸邊
不再下漢口，不再從鸚鵡洲邊帶回更大的船隻的鳴笛

也容易想起多年前住在對岸的男子
我乘渡船去看他。
船隻划出的水痕讓人忘記水流的方向
那時候我腰身單薄，裙子寬鬆，壓不住江面上的風

後來，橋修好了。我卻沒有去看過他

橋上的人來來往往
但是毫無疑問，許多人走到橋中間的時候
心會小幅度搖擺

二〇一四・五・十

# 蔚藍

如這秋天，我們可以更遠一點
也可以比這湖水，更深一點
這樣，你可以老得更慢一點

世間一切值得悲憫的事物
都在廣闊的藍天下
被你的目光撫摸過

二〇一四・十・十六

# 輯五

# 差一點

甚至他的鬍子擱在了我的頭髮上
他嘴裡的酒氣呵在了我的耳邊
他起伏的胸膛，裝滿蜂蜜的玻璃瓶子
我試圖了幾次，不敢捶上去
——我盯著他的臉龐，他的眼睛
（我不相信，我沒愛他的時候他就如此蒼老）
我又不得不相信這蒼老
是上天賜給我的禮物

他是熱的，每一聲歎息，每一個細胞

每一顆眼淚
他勃起的下體也是熱的
有一個時刻我以為我嵌進了他的身體
如一根肋骨回到有傷疤的位置
當他抱緊我的時候
我不停流淚，眼淚一流出來就蒸發乾了
以致我踮起腳吻他的時候
比水氣更輕了

二〇一四・九・一

# 信任

許多溫暖的詞面對這個下午敞開
——從雨裡回來，衣服緊貼著身體，乳房
我的性別再一次凸現，搖晃，在水火交融處
我愛它：俗氣而下流地愛
常常讓我滿懷悲傷
更多的詞語被遮蔽在身體裡，構成隱患
我總是有辦法讓它們不停地暗淡下去
——無疾而終的案件有令人信任的智慧啊
比如我脫去衣服，卻沒有驚醒沉睡的它們
乳房濕了，也承接著窗外射進來的光

雨沒有停，我點燃一根煙
煙灰沾在濕身上，凌亂
窗口的一棵月季放過了一個春天
它不屑抽出花朵的樣子讓我對慢慢老去的身體
充滿了信任

二〇一四・五・二十三

# 三天

第一天。我買了火車票，想去一個小鎮
小鎮裡沒有桃花，沒有向日葵，沒有等待盛開的花
車來來往往，陌生的方言隔離了地域，文化
我要去一個小鎮打開身體，讓陌生的男人進來
讓漂泊的實體回到漂泊的形式
我知道他最後會說出：我是認識你的
——認識的目的是為了重新陌生
第二天。我退了火車票，在房間裡昏睡
中午吃了冷飯，胃疼。幽怨地疼，讓人放心
一個女人在QQ裡發來一朵桃花，去掉了顏色的

是的，一切都是徒勞，雨水從骨頭裡掉落，去向不明
我們一直用虛空的聲音安慰自己
把越來越重的肉體放在一張陳舊的床上
第三天。佛塔升起，我們收起燈光
我們背過身去，割草，餵魚，看雲朵在水裡的虛像
風不大，一切消逝得緩慢，卻從未中斷
佛經裡有一塊石頭，青色的
如果能落進我們的身體，我們就落在了
一個叫作「自己」的地方

二〇一四・四・二十三

# 逝去的

身體裡的癌症復發，在遇見他以後
（我沒有任何動機大量購買花苗，彷彿能買來一個春天）
而日子緊湊，他的影子每每一晃，就到深夜
那時候，我們年輕，我們渴望被揉碎的疼
他把我推倒在小旅館的床上時，我大罵：你這個強盜
那時候他不知道我對他的渴望沒有一點來自他的肉體
而今，在這越來越繁華的春天
我又一次渴望被揉碎，被毀滅，被拋棄異鄉
但是我再也無法開口說出，再也不能短信寫出
曾經說過的一輩子不忘

虛無縹緲
也不能讓我再一次流淚

二〇一四・三・十六

# 親愛的陰道炎

起初，她黃昏的時候才去河裡
春天的時候，河水冰冷，杏花，桃花一路飄下去
「它們終究會沉下去的，無論成蠱，為毒」
她也只剩一個頭在水面上了，頭髮浮著，魂魄般黑
蛇游過來的時候，她身體一緊
但瞬間她就放鬆了，伸出手去：它漂亮的條紋，游動的姿勢
讓她著迷
——這蠱惑從何而來？在水和時間的縫隙裡
後來，中午的時候她也去，那種癢讓人情不自禁
把什麼暴露出來

陽光明晃晃的，她的頭髮更黑，如一團詛咒
這個時候是看不見蛇的，但在水裡能看見水
她故意站立起來，把兩個乳房浮在水面上
對面山上的那個牧羊人一直看著山頭
彷彿還有一場她看不見的驚天動地的
雪崩

二〇一四・三・十三

# 讓人世再狹窄一些

我盼著見你，在這落葉滿天的季節裡
我盼著踩著沒有消逝的霜去
夕光很長
秋天，一些野花還在開，顫巍巍的
一些果實恰恰熟了，低懸在風裡
這些是與你一起到來的
擁抱你。
中年的身體沒有戒備，一個縫隙
我就能進去
而河流依舊，雲朵不停落下來

兩岸牢固
我們隨時就能折回自己
要不要把手伸進你的內衣
我猶豫了很久
還是無法決定

二〇一四・十・十九

INK PUBLISHING 文學叢書 438
# 月光落在左手上：余秀華詩選

作　　者　余秀華
總 編 輯　初安民
責任編輯　鄭嫦娥
美術編輯　陳淑美
校　　對　呂佳真　鄭嫦娥

發 行 人　張書銘
出　　版　INK 印刻文學生活雜誌出版股份有限公司
新北市中和區建一路249號8樓
電話：02-22281626
傳真：02-22281598
e-mail:ink.book@msa.hinet.net
網　　址　舒讀網 www.inksudu.com.tw

法律顧問　巨鼎博達法律事務所
施竣中律師
總 代 理　成陽出版股份有限公司
電話：03-3589000（代表號）
傳真：03-3556521
郵政劃撥　19785090 印刻文學生活雜誌出版股份有限公司
印　　刷　海王印刷事業股份有限公司

港澳總經銷　泛華發行代理有限公司
地　　址　香港新界將軍澳工業邨駿昌街7號2樓
電　　話　852-2798-2220
傳　　真　852-2796-5471
網　　址　www.gccd.com.hk

出版日期　2015年 4 月 初版
2022年 9 月 20 日　初版三刷
ISBN　978-986-387-006-7

定　　價　320元



國家圖書館出版品預行編目(CIP)資料

月光落在左手上：余秀華詩選／余秀華作．
--初版．--新北市：INK印刻文學，2015．03
280面；14.8×21公分．--（文學叢書；438）
ISBN 978-986-387-006-7（精裝）

851.486　　104003731

舒讀網